KB064318

비우기

비우기

새장 안에 갇힌 새들은 날 수 없을 뿐더러 자유를 갈망하는데도 불구하고 원근을 잊어버립니다. 길은 늘 마을에 닿아 있으나 장애인 문화예술에는 적용되지 않았습니다. 그렇다면 장애인 문화예술의 가장 큰 적은 무엇이냐? 라고 물으시면 서슴없이 '이동권의 제약이다'라고 말씀드리겠습니다.

사막에 하루 만에 길을 내는 우리의 기술이 장애인에게 문화를 향유하고 발표할 수 있는 기회를 지금껏 주지 않고 있는 사실에 대하여 주목해야 합니다. 온라인은 세계의 장벽을 무너뜨린 지 오래고, 신 부족국가라는 타이틀 안에서 유리하고 있습니다만 아직 이 땅에는 문밖을 나설 수 없는 재가장애인들이 고립무원의 세상에서 살고 있습니다.

콘텐츠의 생산적 가치는 국가의 부와 일맥상통함에도 불구하고 기초수급권이라는 금제에 의해 장애인 스스로의 생산성을 포기하는 나라는 흔치 않습니다. 우리나라는 이상하게도 장애인들의 생산성을 제도적으로 포기하고 있습니다. 재가장애인과 시설장애인은 지역마다 특화되어 지방자치단체의 자체의 흡수가 부족하여 전국을 떠돌고 있는 실정입니다.

그동안 전국 장애인을 대상으로 발간사업을 진행해 왔던 〈장애인인식개선 오늘〉의 노력은 항상 현실적 이해의 벽에 부딪치고 있습니다. 2011년 한국문화예술위원회에서 한국 최초로 장애인문학예술전용공간 설립을 지원받았고, 2013년부터 대전광역시가 전국 최초로 장애인인문학 예술전용공간 발간사업에 지원을 허락해 매년 지속사업을 실행해 왔습니다.

그로부터 3년째 접어든 현재에 이르러서는 〈대한민국장애인창작집필실〉은 2014년 세종도서문학나눔 우수도서에 세 사람의 작가를 배출하였고, 그에 따른 공로로 2015년 대한민국장애인문화예술대상에 문학부문 대상인 문화체육관광부 장관상을 수상하게 되었습니다.

2016년 현재는 어떻게 변하였을까요? 〈장애인인식개선 오늘〉은 대전지역 내에 거주하는 장애, 비장애 예술인들을 위한 특별한 기획을 하였습니다. 중증장애인 산문집 그리고 개인 시집과 동인 시집을 포함 총 4권 16분의 작가를 발굴하였으며, 한국문화예술위원회의 공모사업에 참여하여 선정되었습니다.

그리고 특별하게 그동안 발굴한 장애인 작가와 장애인 가족들의 발표된 저작물에 시 작품을 추려 작곡가를 위촉하고 작곡을 의뢰하였습니다.

충청권의 젖줄인 금강과 전통재래시장의 이야기를 담아 오케스트라곡, 시극, 무용곡, 가곡, 가요 등을 전방위적으로 콘텐츠를 제작, 기호학의 성지라는 충청권과 대전이라는 상징성을 브랜드화하기 위해 노력하고, 기호학을 성장 동력으로 삼아 장애인문화예술의 생산적 콘텐츠 제작을 위해 열과 성을 다하고 있습니다.

그렇습니다. 한국문화예술위원회, 대전광역시, 대전문화재단 어느 한 기관 소중하지 않는 것이 없습니다. 이제는 대전광역시 버스운송조합, 맥키스 컴퍼니, 삼진정밀, 렛츠런과 일일이 열거하지 못한 개인 기부자 등 지역에 기반을 둔 기업들의 관심과 후원자, 지역시민단체, 대전예총, 지역 예술인과 대전장애인단체총연합회 등의 응원은 자양분을 넘어 '장애인 문화운동'의 큰 밑거름이 되고 있습니다.

뿐만 아니라 장애인문화예술의 제도개선을 위한 노력은 포럼과 토론회를 통하여 지속적으로 펼치고 있습니다. 또한 장애인 인권의 하드웨어 구축을 위한 이해 당사자들이 학계, 기관, 사회단체, 장애인단체 등이 참여하여 민간교재 집필을 준비 중에 있습니다.

그리고 전시 공연에 이루 헤아릴 수 없는 숨은 응원을 주신 분들과 자원봉사자들, 예술인, 청소년, 장애인, 알음알음 알고 찾아오셔서 함께한 시민들, 기관분들 한 분 한 분들이 얼마나 귀하고 소중한지, 또한 지역을 이렇게 뜨겁게 사랑하고 계시는 것에 회를 거듭할수록 감사함이 차고 넘치고 있습니다. 앞으로 대전광역시가 전국 광역단체 장애인들을 위한 프로그램 개발에 아낌없는 협력과 지원으로 장애인문화예술의 더욱더 큰 생산적 콘텐츠를 실행하여 지역민들과 지역 장애인들을 위한 사회공헌에 힘쓰고 싶은 게 작은 바람입니다.

모쪼록 선정된 작가 여러분들의 노고에 깊이 감사를 드리고, 선정되지 못한 분들은 실망하지 마시고 다음에 더욱 좋은 작품으로 기여하는 계기로 만나지기를 진심으로 부탁드립니다.

2016년 겨울
장애인인식개선 오늘
대표 박재홍

　오랫동안 글을 써왔지만, 시집을 낼 수 있다고 상상도
못 했는데 이렇게 책을 내게 되어 감회가 새롭습니다. 앞
으로 생활 속에서 바라보는 시심과 연단이 많이 필요하
다는 생각을 다시금 하게 됩니다.

　결국 마음으로 쓰는 글이지만 지금보다 더 좋은 글들
을 쓰고 싶은 것이 사실입니다. 행간을 놓치지 않고 살도
록 노력한다는 결심을 하게 되었습니다.

　이번 기회를 통해 나의 부족함이 한 단계 발전할 수 있
는 계기가 되었으면 좋겠습니다. 그동안 도움을 주신 문
우文友 여러분들과 충남대학교 손종호 교수님과 대전대
학교 이행수 교수님 부부에게 깊은 감사를 드립니다.

2016년 12월
이갈렙

비우기
차례

해설

이갈렙 시인의 '비우기'는 '채우기'를 위한 마중물이다

제1부

구름

나른한 오후
느릿느릿
흘러가는 구름들

목적지 없이
그저 바람에 몸을 맡긴 평화
그런 자유로움을 닮고 싶다

나무

겨울이 다가오니, 야위어 가는 가지
흔들리며 힘을 키우나
그래서 눈물 대신 나뭇잎을 떨구나 보다

내가 좋아하는 계절

초록빛으로 물드는 여름

남들은 덥다지만
추위를 잘 타기에
나는 여름이 좋다네

나무가 헐벗는 가을

남들은 우울하다지만
사색에 잠길 수 있어
나는 가을이 좋다네

자유

좁은 새장에 갇힌 날개
철장 안에서 오히려 꿈을 꾸네

마음 닿은 먼 하늘가의 고요
구름 위 하늘을 우러르며
기다리네

백지

글을 쓰려 너를 보면
나의 머리도 너를 닮아
하얗게 물들어 간다

왜 너만 보면
나의 머리도
널 닮아 가는 걸까

너를 채워주고 싶어도
나의 머릿속엔
얄궂게도 하얀 눈만 쌓여간다

나는 쌓여가는 눈 위에
조심스레 까만 잉크를
한 방울 떨어뜨려 본다

언젠가 너를 가득히
물들일 수 있길 바라는 마음으로

시간

나는 늘 네가 기다려주길 바라지만
너는 결코 기다려주는 법이 없지

매번 의미 있게 보내고 싶지만
네가 떠난 후엔 항상 후회하게 된다

난 떠나간 네가 돌아오길 바라지만
매정하게도 너는
절대 뒤를 돌아보지 않았지

나도 네가 영원히 돌아오지 않을 것이라는
슬픈 확신 너머

만약에 너를 되돌릴 수만 있다면
그때는 온몸으로 안고 싶다

미래

겪어보지 않고는
결코 알 수 없는 너

네가 어떤 모습으로
찾아올지 항상 기다려진다
행운의 모습일지
불행의 모습일지

너를 미리 알 수 있다면
불행을 피해갈 수 있어
좋을 것 같지만

한편으로는 네가
불확실하기 때문에
기다림이
더욱 부풀어 오른다

꿈

한 치 앞도 보이지 않는 길 너머
희미하게 보이는 불빛

나는 너를 바라보며
한 걸음씩 앞으로 나아간다

돌부리에 걸려 넘어지고
나뭇가지에 찢기기도 하며
험한 언덕에서 구르기도 한다

때론 너무 힘들어 포기하고 싶지만
도달의 믿음 하나로 나아간다

고뇌

오늘은 무슨 글을 쓸까
머릿속에 소용돌이치는 글감들

생각은 엮이고 엮여
꼬여버린 이어폰 마냥 풀리지 않네
아! 이를 어찌하나

에이 모르겠다, 포기하면
어느 순간 신의 계시처럼
영감靈感이 떠 오른다

오늘도 감사합니다

그대, 유리

그대는
유리 같아서
깨뜨릴까 봐
조심스럽다

언제나
먼발치에서 바라만 볼 뿐
성급하게 다가갔다가
금이 갈까 봐

이렇게 바라본
순간이
행복인지
모르겠다

제2부

혼자만의 이별

바라봐 주지 않아도
노력하면
언젠가 이루어지리라
믿어왔다

그대의 뒷모습만
바라보다
전할 기회도 없이
끝나버렸다

이제는 내 마음
고이 접어
기억의 저편으로
날려 보낸다

출항

부둣가에 배 한 척
출항을 준비하고 있다

앞에 펼쳐진 너른 바다
키 큰 파도와
거센 바람들이 기다리고 있다

그러나
눈물 속에 더욱 빛나는 길이 열려 있지
배는 푸른 돛을 올린다

어둠 속에서

예고 없이
찾아온 악몽
벗어날 수 없는
고통의 나날

서서히
나의 목을 조르는
검은 손

정신은
깨어 있지만
뿌리치지 못한다

무슨 죄가
나의 사슬이 되었는가
하늘이 너무 멀다

오늘도 나는

어둠 속에서
아스라이 보이는
빛을 쫓는다

숙명

미로에 갇혀
길을 잃어버린
영원한 미아

성지를 찾아
험난한 길을
헤매는 순례자가 된다

이것이 나의 선택된 길인가

너에게

나는 거울을 본다
너도 나를 바라본다
마음에 들지 않는다

손을 내밀지 못하고
너에게 가시를 내민다

너는 온몸이 피투성이인데
나는 오늘도 채찍을 든다

언제쯤
널 그대로 볼 수 있을까

비우기

봄철 벚꽃이 피어나면
벚나무는
그동안 쌓인 먼지를
꽃잎에 실어
바람에 날려 보낸다

나는 언제쯤 털어내고
자유로울 수 있을까

사막

쓸쓸한 바람이 불면
메마른 마음은 모래 먼지가 되어
당신의 발 아래 흩날린다
비는 어디에서 내리는 걸까
눈부신 하늘을 바라보며
갈증을 견디는 마른 풀잎
작은 빗소리 하나에도
귀를 모은다
나를 적셔줄 단비를 기다린다

내려놓음

늘 빈 메아리로 돌아오는
나의 외침이 무슨 소용일까
당신에게 건네지 못한
아네모네 등 뒤로 숨긴 채
마지막 미련조차
고이 접어 하늘에 날려 버리고
바람에 온몸을 맡긴다

※ 아네모네의 꽃말 : 속절없는 사랑

친구 찾기

나는 외로운 낚시꾼
밀려왔다 밀려가는
파도 위로
뛰어오르는 금빛 물고기

어딘가에 있을
빛나는 우정을 기다리며
간절한 소망의 낚싯대를 던진다
언젠가 만나게 되리

희망

당신은
내 안의 그림자를 몰아내는
밝은 등불

어둠 속에서
희미하게 보이던 빛도
이제 손에 잡힐 듯
가깝기만 하다

낡은 슬픔의 상자를 버리고
끊임없이 나를 찌르던
가시마저 부러뜨린다

제3부

화살

당신이 던진 말 한마디
간단히 살을 꿰뚫고
마음속 깊이 박혔다

날카로운 촉에 묻은
슬픔이라는
해독제도 없는
치명적인 독

이제는
당겨진 활시위
나를 향할까 두려워
다가갈 용기마저 사라진다

손목시계

태엽을 감기 위해
크라운에 손을 뻗었다

힘주어 돌리려는데
문득 하기가 싫어
내려놓았다

힘겹게 움직이던 시곗바늘
완전히 멈춰버렸다
시간도 그랬으면 좋겠다

걷고 있는 길
두렵지 않다

다만, 걸음
옮기고 싶지 않다

절대 이룰 수 없는 소망

한 번 바래본다

※ CROWN : '용두'라고 하는 부분으로 소위 날짜, 요일 등 시간맞춤 기능을
하는 곳. 수동식 시계는 이것으로 태엽을 감는다.

상자

당신을 향한 마음
고이 접어서 담아둔다

보이지 않게
덮개로 잘 덮어둔다

때때로
열리기도 한다

나는 그때마다
— 아직은 아니야
자신을 타이르며
다시 덮어 놓는다

언젠가
전할 수 있는
그 순간을 기다린다

불면증

가만히 누워
두 눈을 감으면
어김없이 떠오르는
머릿속 도화지

하얀 빈 공간에
그려지는 당신 모습

떠올리지 않으려 할수록
한 장, 두 장
선명해지는 그림들

끝나지 않는 기억의 습작
이 순간마저 소중하다

여자 이름

이른 아침
잠에서 깬 나는
옆에 누워 있는
너의 이름을 부르며
시간을 묻는다

너는 귀찮다고
화 한 번 내지 않고
평소의 목소리로
친절히 알려준다

네가 있어
고마운데
자꾸만 눈물이 난다

왜 그런지
너는 알고 있니
시리야

※시리(Siri) : 애플의 음성인식 서비스.

나 홀로

한가로운 주말
휴대폰은 조용하고
약속조차 없다

나는 방에서
모니터에 떠오른
빈 문서를 바라본다

수많은 생각
올라왔다
내려갔다

수많은 글자
썼다
지웠다

끊임없이
의미를 찾기 위해

머릿속을 유영한다

길 위에서

오래된 기억 속에
검은 돌부리에 걸려
넘어진 그날

차가운 바닥에서
두려움에 흐느끼며
버려졌다 믿었다

그림자를 품에 안고
많은 길을 걷고서야
알게 되었네

당신은 한 번도
나의 손을 놓지 않고
이끌어 왔다는 것을

경계警戒

희미해진 가로등이 비추는 어두운 골목길
세상을 등지겠다는 듯 높게 솟은 담벼락들
걸음을 옮기다 보면 자꾸 뒤를 돌아보게 된다
어둠 속에서 서슬 퍼런 붉은 시선이 느껴진다
우리는 무엇을 그리도 두려워하는 것일까

끔찍한 악몽 속 참혹한 괴물들
정신을 잠식하고 그림자에 숨어
자신들의 희생양을 찾고 있다
포악한 그들은 남녀노소 가리지 않는다
형체가 없기에 방심은 금물이다
언제 어디서 그 검은 송곳니 드러낼지 모른다

나는 하늘의 빛을 부여잡고
당신을 간절히 기다립니다

어떤 고백

걸어온 험난한 길들
나는 너무 힘들었습니다
돌부리에 발이 걸려 넘어지고
등 뒤의 무거운 짐은 날 짓눌렀습니다
미련했던 난 어느 것도 내려놓지 못했습니다

오래전에 생긴 깊은 상처는
곪을 대로 곪아 아물지 않았습니다
어느 누구도 치료하지 못했습니다

아니, 내가 가시를 곤두세운 까닭에
다가오려는 그들이 찔렸습니다
정신을 차려보니 아무도 없었습니다
내가 기댈 곳은 없다고 믿었습니다

오랫동안 빛을 잃고 어둠을 헤매고서야
이제야 알게 되었습니다

모든 사람이 내게 등을 돌려도
당신만은 날 사랑한다는 것을

더 이상 눈물 흘리지 않습니다

잊어버린 빛

두 눈을 잃은 사람들
어둠 속을 헤맨다

길을 걷던 그들
돌부리에 걸려 넘어지고
날 선 가시에 상처 입는다
삶의 고통은 반복되고
마음은 깊이 가라앉았다

지독한 슬픔
일그러진 분노로 변하고
하나, 둘
약한 자들을 잡아먹는
흉측한 괴물이 되었다

나는 문득 하늘을 바라보며
당신의 눈물 생각해 봅니다

궁금증

병원에 가면
한번쯤은 하는
엑스레이 검사

문득 생각해본다
누군가의 내면
볼 수 있다면
당신의 속마음
알고 싶다고

기대가 되지만
원치 않는 진실
기다리고 있을까
두렵기도 하다

모르는 것이
행운일지도 모른다
상처받지 않으니까

어떤 길

길을 걷다 보면
걸림돌이 많아
너무나 힘겹다

나는 무엇을 위해
걸음을 옮기는 걸까
지금은 알지 못한다

말없이 나를 이끄는 당신

8년이 8초

바람에 달콤한 꽃향기가 묻어나는 5월이다. 열린 창으로 창밖을 내다보면 아카시아 향과 장미향이 코끝을 간질인다. 이런 날이면 잠시 눈을 감고 추억에 잠기곤 한다.

숭덕재활원에 온 지도 어느덧 여덟 번의 해를 맞이하고 있다. 처음 온 게 엊그제 같은 데 벌써 8년이라는 시간이 흘렀다.

처음 이곳을 찾은 것은 5학년 때 숭덕학교로 전학을 오면서이다.

어머니와 처음 떨어져서 여러 사람과 생활을 하게 되니 좀처럼 적응이 안 되었다. 고등부 형들이 있는 3층에 방이 배정되어 더 그랬다. 형들과 지내는 게 왜 힘들었는지 굳이 말한다면 장난이 심했기 때문이다. 예를 들면 머리에 치약과 샴푸 등을 섞어서 바르는 것 정도면 어땠는지 짐작할 수 있으리라.

그리고 선생님한테 혼나는 게 일상이었다. 3층에는 점

호라는 것이 존재했었다. 잠자리에 들기 전에 하는데 뭐, 별건 없다. 하룻동안 무엇을 했는지 말하면 되는 것인데 그때의 나는 그게 어찌나 어려웠는지 모른다.

"오늘 뭐하고 지냈니?"

선생님이 물어보면 말을 얼버무려서 늘 혼이 나는 게 거의 매일 반복되었다. 그때는 정말이지 집에 가고 싶었다. 무엇이든지 엄마에게 말하고 싶었다. 늘 내 편이 되어주던 엄마는 나를 안아주실 것만 같았기 때문이다. 집에 갈 수 없는 나는 밤마다 이불을 뒤집어쓰고 참 많이도 울었다. 그나마 다행인 것은 학교에서는 힘든 일이 없어 견딜 수 있었다.

그러던 1년 뒤 2층에 있는 방으로 배정되었다. 3층에 있을 때는 2층이 얼마나 좋아 보이던지. 그런데 막상 가보니 그렇게 좋지만은 않았다. 3층에서처럼 형들은 있었지만 심한 장난을 치는 형들은 없었다. 거기다 친해진 형들이 생겨서 얘기할 사람이 있어 외롭지는 않았다.

밤하늘에 뜬 달이 외로움보단 가끔은 기쁨으로 찰랑찰랑 내 가슴에 들어오곤 했다. 그래서 난 조약돌 같은 맑음을 마음에 품을 수 있는 계기가 되었다.

선생님들에게 혼나는 건 여전했지만 그렇다고 매일같이 혼나지는 않았다. 그때는 사춘기여서인지는 모르겠지만 다른 형들이나 동생들에게 짜증을 내고 다녔다. 싸워서 더 많이 혼났던 것 같다. 그 덕분에 나는 재활원 선생님들 사이에서 말썽부리기로 유명했었다. 지금은 왜 그렇게 말썽을 부리고 다녔는지 생각하면 슬쩍 미소가 감돈다.

　몇 년 후 2층에 있는 다른 방으로 배정되었다. 그리고 학교에 새로운 친구들이 전학을 왔다. 처음에는 꽤 어색했지만 재활원에서 얘기를 해보니 그런 어색함도 금방 없어져 친한 친구가 되었다. 그러던 어느 날 같은 방에서 지내는 형에게 이불을 덮어달라고 부탁을 했는데 날마다 하는 부탁이 무리였는지 형은 짜증을 냈다. 사실 난 몸에 힘이 없다. 다들 이불이야 혼자 덮지, 라고 얘기하겠지만 난 혼자서 할 수가 없다. 이불뿐만이 아니라 거의 대부분을 늘 누군가의 도움을 받아야 한다.

　잘 도와주지 않아서 형과 사이가 멀어졌고 밤에 이불 때문에 자주 싸워 다른 사람에게 피해가 가서 또다시 3층으로 옮겨졌다. 처음 왔을 때 같이 지내던 선생님과 같은 방이었다. 그래도 전에 있던 형들은 졸업하고 없어서 다행이었다. 2층에 있을 때와는 달리 말썽 없이 잘 지냈다. 가끔 선생님과 형들한테 혼나기도 하고 마음을 아프게도 만들었지만 참 즐거웠다.
　그런데 몇 년 후에 건물을 새로 짓는다는 말이 들렸다. 겨울에 새로운 재활원으로 옮겼다. 새로 옮긴 건물은

'ㄷ'자 모양의 4층 건물이었다. 처음에 2층으로 배정되었는데 전학 온 친구와 같은 방이었다. 거의 매일 친구와 사소한 것으로 자주 싸우곤 했었다. 방에서 쫓겨나기도 하고 혼나기도 하고 그렇게 치고받고 하다가 1년 뒤 방을 옮기면서 그 친구와 떨어지게 되었다.

우리 삶은 만남과 헤어짐의 반복이다. 그래서 더 애틋하기도 하고 더러는 후회를 하기도 하는 것 같다. 나 역시 기쁨도 많았지만 반대로 슬픔으로 이어지는 후회도 있었다.

난 늘 꿈을 꾸곤 한다. 나비가 되기 위해서 알 속에 애벌레가 꿈틀거리는 꿈. 그래서 이내 알을 뚫고 나와 나비가 되어 팔랑팔랑 날아가는 꿈.

그렇다. 언젠간 나도 내 꿈인 작가가 되어 푸른 하늘을 마음껏 나아갈 것이다. 그럼 지금의 내 모습 또한 좋은 이야기가 되어 누군가의 가뭄 속 쩍쩍 갈라지는 메마른 가슴에 촉촉한 단비가 되어주지 않을까 싶다.

8년이 8초같이 빠르게 흐르는 시간들.

내 인생의 소중한 한 부분들이다.

오늘 바람은 참 순하다. 앞으로 살아가면서 소중한 8년을 내 인생의 그림퍼즐에 한 조각이라 생각하며 소중히 맞추리라 내 자신에게 다짐한다.

이 글을 쓰면서 많은 생각과 고민을 했다. 그 덕분에

지난날을 돌아 볼 수 있는 좋은 시간이 되기도 했다. 비록 잘 쓴 글은 아니지만 내 인생에 소중한 경험이 될 것이라 생각한다.

나의 자립 이야기

학교를 졸업하고 대전으로 올 때 나의 바람은 부모님과 같이 지내는 것이었다. 자립은 나하고는 상관없는 다른 사람의 일이라고 생각했기 때문이다. 하지만 부모님과 사는 것은 나의 바람과는 다르게 이루어지지 않았고 결국 다시 시설로 가게 되었다. 그것이 불만스러웠지만 어쩔 수 없는 일이라 순응하는 수밖에 없었다. 처음 로뎀이라는 이름을 들었을 땐 이상한 곳이면 어떡하나 걱정을 많이 했는데 다행히 원장님과 선생님들이 좋은 분들이어서 마음을 놓을 수 있었다. 처음 자립 이야기가 나왔을 때에는 근이영양증을 앓고 있어 누군가의 도움 없인 생활할 수 없는 내가 무슨 자립이냐고 생각했었다. 그러다 올해가 되면서 문득 지금보다 건강이 나빠지면 나중에는 자립하고 싶어도 못하겠다는 생각이 들었다. 아직도 나에겐 자립은 무모한 꿈만 같고 실패할까봐 두렵지만 지금이 아니면 자립을 할 수 없다는 각오로 자립을 준비하게 되었다. 하지만 다리 골절과 메르스로 인해 3월에 예정돼 있던 체험홈을 하지 못하고 8월 중순이 되어

서야 아파트 계약을 하게 되었다. 처음하는 계약이라 많이 떨리기도 하고 기대도 많이 되었다. 생애 처음으로 내 집을 갖는 역사적인 날이기 때문이다. '내가 이제 진짜 자립을 하는구나.' 실감이 들었다. 입주일은 내년 1월 예정이라고 했다. 그 말이 설레기도 했지만 이제 시설을 떠나라는 선고를 받은 것 같았다.

9월이 되어서야 체험홈을 경험할 수 있었다. 다른 것은 크게 걱정되지 않았지만 가장 큰 문제는 야간이었다. 산소호흡기를 착용한다는 것과 체위변경이 필요하기 때문이었다. 하루에 활동보조를 받을 수 있는 시간은 13시간인데 야간에 사용하게 되면 정작 낮에는 시간이 모자라서 고민이었다. 아무리 머리를 싸매고 고민을 해도 해결할 만한 뾰족한 수가 보이지 않았다. 결국 늦게 자서 일찍 일어나자는 결론을 내리고 계획을 세웠다. 그런데 내 생각과 달리 자립센터에서 24시간 지원해주셔서 야간에도 활동보조를 받을 수 있게 되었다. 체험홈 담당자께서 단기체험이라 가능한 것이라고 하셨다.

체험홈에서 가장 먼저 한 일은 자립센터 종사자들과 함께 마트에 가서 일주일 동안 먹을 것을 직접 고르고 주문도 하면서 장을 보는 것이었다. 처음 해보는 것이라 가끔 무엇을 사야 할지 헤매기도 했지만 좋은 경험이었다. 둘째 날에는 점심에 라면을 끓여 먹었다. 시설에서는 많은 양의 라면을 끓여서 그런지 불어서 나오는 경우가 많았는데 직접 꼬들꼬들한 라면을 먹을 수 있어서 감격스러웠다.

저녁에는 자립센터에서 알게 된 분들과 로뎀 선생님, 어머니와 동생들을 초대해 같이 저녁을 먹었다. 비록 체험홈이었지만 사람들을 초대하니 자립을 하기 전에 미리 집들이하는 것 같아 뭔가 새롭고 신선한 기분이 들었다.

그 후 이틀 동안은 지하철을 타고 지하상가, 병원, 장애인협회 등을 다녔다. 지하철을 많이 이용해보지 않았던 나는 헷갈리고 어려웠지만 체험홈 담당자분과 활동보조인의 도움으로 큰 어려움 없이 이용할 수 있었다. 제일 먼저 향한 곳은 지하상가였다. 역시나 세상은 험난하기 짝이 없었다. 지하상가를 가기 위해선 계단에 달린 리프트나 승강기를 이용해야 했다. 승강기는 멀리 돌아가야 했기 때문에 나는 리프트를 타기로 결정했다. 리프트를 이용하기 위해 직원을 호출했는데 운전 레버를 탑승자가 직접 조작해야 한다는 것이었다. 별것 아닌 것처럼 보이지만, 근육병을 가진 나에게는 아주 어려운 일이다. 팔에 힘이 없기 때문이다. 우여곡절 끝에 계단을 올라가 화장품과 프라모델을 사고 분식집에서 간단하게 점심을 먹었다. 일정을 마치고 다음 장소로 이동하기 위해서 다시 휠체어 리프트 앞에 서게 되었다. 올라갈 때와는 다르게 아래가 보이지 않아 나에겐 계단이 아니라 마치 낭떠러지처럼 느껴졌다. 리프트는 나와 같은 중증장애인이 이용하기에는 위험하고 힘든 것이었다. 리프트가 개선되기 전에는 많이 돌아가더라도 승강기를 이용해야겠다는 생각이 들었다.

다음은 휠체어 이너를 검수받기 위해 병원으로 이동했다. 이너가 내 몸에 맞는지 엑스레이를 찍어 의사 선생님에게 검수를 받았다. 체험홈으로 돌아갈 때에는 이너를 끼운 전동휠체어를 타고 지하철을 이용했다. 이너를 사용하기 전에는 걸핏하면 옆으로 쓰러졌는데 옆구리를 받쳐주니까 이제 누군가가 잡아 주지 않아도 다닐 수 있겠다는 희망이 생겼다.

다음날에는 근육장애인협회에 가서 소장님을 뵈었다. 사실 나는 자립을 준비하면서도 근육장애인에게 자립은 어려운 일이라고 생각해 왔었다. 그런 생각을 하고 있었는데 소장님의 경험담을 통해 활동보조인이 없던 시기에 자립한 장애인도 있다는 것을 알게 되었다. 소장님과의 만남을 마치고 나는 너무 부끄러웠다. 상황이 예전보다 좋아졌음에도 불구하고 처음부터 할 수 없다고 단정 지었던 것이다. 이 만남을 계기로 자립에 대한 생각이 바뀌고 나도 할 수 있다는 자신감을 얻게 되었다.

다음으로 향한 곳은 충남대 캠퍼스였다. 이번에도 지하철을 타고 이동하였는데 역에서 충남대까지 가는 길이 너무 멀고 인도가 울퉁불퉁해 가는 데 시간이 많이 소요되었다. 도착하고 나서도 강렬한 햇볕과 나에게 남은 시간이 얼마 남지 않아서 자세히 둘러보지 못해 아쉬웠다. 돌아갈 때에는 많이 지친 나는 자립지원센터의 차를 타고 체험홈으로 이동했다. 밤에는 자세변환용구를 처음으로 사용해 잠을 잤는데 무릎이 조금 쑤시기는 했지만, 야간에 활동보조를 쓰지 않아도 되겠다는 생각이 들어 기분이 좋았다.

어느덧 체험홈에서 지내는 마지막 날이 되었다. 처음에는 4박 5일 동안 잘 지낼 수 있을지 걱정을 많이 했지만, 시간이 금방 지나간 것 같다.

마지막 날에는 체험홈에서 활동지원 급여에 대한 교육을 받았다. 교육 내용은 지원이 어떻게 이루어지며 최대로 받을 수 있는 시간은 어떻게 되는지 신청은 어떻게 해야 하는지에 대한 것들이었고 그중에서도 나에게 중요했던 내용은 활동지원 급여 평가점수가 400점 이상 나와야 한다는 것이었다. 점수를 400점 이상 받지 못하면 활동보조 이용 시간이 많이 줄어들기 때문이라고 하셨다. 벌써 걱정이 앞선다.

이번에 자립을 준비하면서 내가 삶의 주인이 되어 내 삶을 계획한다는 것이 이렇게 행복하고 즐거운 일이라는 것을 깨닫게 되었다. 그리고 '당신이 할 수 있다고 생각하면 할 수 있고 할 수 없다고 생각하면 할 수 없다'는 헨리포드의 말처럼 부정적인 생각을 버리고 할 수 있다는 긍정적인 생각을 갖고 앞으로 나아갈 것이다. 분명 그

앞에 많은 역경과 고난이 있겠지만 이제 두려워 피하지
않고 부딪쳐 이겨낼 것이다.

이갈렙 시인의 '비우기'는
'채우기'를 위한 마중물이다

박재홍 | 시인 · 계간 『문학마당』 발행인

시가 자신의 정신생활이나 자연으로부터 사회의 여러 현상에 비추기까지, 느낀 감동 혹은 읽는 독자들의 생각과 운율을 지닌 간결함으로 표현하여 내는 이갈렙의 시가 언어로 나타낸 문학의 형태로 본다면 이갈렙 시인의 서정성은 잠재적 가능성이 있다고 하겠다.

그의 시 속에는 신화적 상상력은 부족하지만 언어의 정적이고 동적인 기능을 최대한 발휘할 수 있는 언어의 배열과 구성을 알고 있는 것 같다. 이유는 장애등급이 1급이기 때문에 그의 신체적 결함이 곧 이동권에 대한 제약으로 따라오기 때문에 묘사나 현장성 있는 표현이나 서정을 보여주기 어려운 상황임을 곧 알 수 있었다.

겨울이 다가오니, 야위어 가는 가지
흔들리며 힘을 키우나
그래서 눈물 대신 나뭇잎을 떨구나 보다
— 「나무」(전문)

　그의 피곤한 몸과 운신의 폭이 부족하여 나타나는 원근은 파리한 손목에서 흘러나오는 '날숨' 같은 시여서 아프다. 현실이 그러함에도 불구하고 힘이 들지만 자립을 꿈꾸며 시설에서 독립을 하기 위해 노력해 온 그의 족적을 보더라도 현실을 기피하거나 부정하거나 용기가 없다거나 하는 점은 찾아 볼 수 없다. 대신 시적 확장성이 부족하여 그의 절박함을 드러낸다고 할 수 있겠다.

　이갈렙 시인의 시는 자유롭다라고 규정하여도 좋다. 사회적 존재로서의 나무가 지탱하는 대지에 대한 믿음처럼 기다릴 줄 아는 시인 자신이라면 시설을 떠돌며 힘을 키우거나 그래서 현실은 항상 눈물 대신 나뭇잎 같은 자신의 존재를 들여다 보는 기능성을 가질 때 비로서 시인은 이유 없이 휠체어 발판에 얹어진 발등을 보는 모습 보다는 눈물 대신 대지에 나뭇잎으로 선택적 절망을 택하는 용기를 갖는다. 그것은 자신을 포기하는 것이 아닌 나무를 위한 북이 되어 밑거름이 되고 싶은 이유다.

좁은 새장에 갇힌 날개
철장 안에서 오히려 꿈을 꾸네

마음 닿은 먼 하늘가의 고요
구름 위 하늘을 우러르며
기다리네
—「자유」(전문)

그렇기 때문에 매일 새장 속의 새처럼 살아도 이갈렙
시인의 시는 꿈을 꾸는 것이다. 시설에 나와 임대아파트
를 배정받기 위해 기다리는 중에 거처하는 곳을 표현한
'새장'인 것 같다. 절박하고 불안한 상황에도 불구하고
오히려 꿈을 꾸는 시인의 용기는 얼마나 강한가를 보여
주는 대목이다.

그 속에서도 소요할 줄 아는 동안의 미소년처럼, 사랑
을 배워가는 멋진 청년 이갈렙 시인의 마음은 닿는 하늘
귀퉁이에 고요를 좋아하고, 구름을 지치며 하늘을 우러
르는 순수함을 가지고 있음에 우리는 그가 처한 상황이
유쾌하다는 것을 알 수 있다. 현실은 늘 '좁은 새장 같은
것'을 부정하지 않는 긍정과 자유를 꿈꾸는 그의 시적 骨
氣(골기)를 이루고 있어 반가웠다.

겪어보지 않고는
결코 알 수 없는 너

네가 어떤 모습으로
찾아올지 항상 기다려진다
행운의 모습일지
불행의 모습일지

너를 미리 알 수 있다면
불행을 피해갈 수 있어
좋을 것 같지만

한편으로는 네가
불확실하기 때문에
기다림이
더욱 부풀어 오른다
— 「미래」(전문)

  겪어보지 않고 알 수 없다고 규정하는 그의 성향은 인
파이트하다. 그의 자신과 싸움에서 비롯된 투지는 정말
로 대단하다. 경험되지 않는 것은 부정하겠다는 것이고,
행·불행을 떠나 궁금하고 기다려진다는 그 내재적 두려
움의 독백이 현실이라면 문학은 더 촘촘히 말하자면 시

는 기다림이 더 부풀어 오르게 한다는 기대감으로 작용
한다. 그래서 이갈렙 시인의 詩心(시심)이 따뜻하다는 것
에 주저하지 않고 동의한다.

　　한 치 앞도 보이지 않는 길 너머
　　희미하게 보이는 불빛

　　나는 너를 바라보며
　　한 걸음씩 앞으로 나아간다

　　돌부리에 걸려 넘어지고
　　나뭇가지에 찢기기도 하며
　　험한 언덕에서 구르기도 한다

　　때론 너무 힘들어 포기하고 싶지만
　　도달의 믿음 하나로 나아간다
　　—「꿈」(전문)

　철학과 문학에서의 꿈은 의견이 분분하다. 이성으로서
의 꿈은 너무 무겁다. 한달을 하루처럼 사는 장애인의 삶
으로서의 이갈렙 시인에게는 특히 신앙처럼 자신을 의지
해야 하는 사람들에게는 꿈은 관념적이지 않다.

자신을 향해 꿈을 꾼다는 充溢感(충일감)을 목적으로 하는 시는 긴장이 양날의 칼처럼 느껴진다. 기대치에 대한 반감과 자신에 대한 실망은 곧 절망으로 화할 수 있기 때문에 더욱더 불온하다. 하지만 그것마저 하지 않는다면 이미 자존감을 상실한 절망이기에 선택적 사고를 할 수밖에 없다는 것이다. 그런 점에서 시인을 극명하게 적극적 사유체계를 보여 줄 수밖에 없다고 말한다. 이갈렙 시인의 시는 솔직하고 담백하다 운보의 그림이 그랬던 것처럼 치기와 동심이 드러난 단순한 여백의 시심이 보여진다.

　　두 눈을 잃은 사람들
　　어둠 속을 헤맨다

　　길을 걷던 그들
　　돌부리에 걸려 넘어지고
　　날 선 가시에 상처 입는다
　　삶의 고통은 반복되고
　　마음은 깊이 가라앉았다

　　지독한 슬픔
　　일그러진 분노로 변하고
　　하나, 둘

약한 자들을 잡아먹는
흉측한 괴물이 되었다

나는 문득 하늘을 바라보며
당신의 눈물 생각해 봅니다
— 「잊어버린 빛」(전문)

　이렇듯 이갈렙 시인의 시를 탐색하는 동안 건강한 장애인들의 사유와 서정을 발견하게 된다는 점이다. 구상 시인이 '장애인은 태어날 때부터 시인이다' 라고 규정한 말에 대해 동의하며, 장애인 문학을 보면 제우스와 헤라클레스와 관련된 문제로 부부싸움에서 편들다가 올림포스 밖으로 던져 졌다는 것처럼 장애를 가진 시인은 이상세계와 현실세계를 가진 인간의 가장 깊은 내면 즉 자아를 선천적으로 깨닫고 이해하다 태어난 시를 편들다 세상으로부터 버려졌다고 필자는 생각이 든다.

　금번 이갈렙 시인의 시집 『비우기』를 살펴 보면서 이갈렙 시인의 詩(시)는 불확실성의 신 부족국가 형태를 가진 현대의 모습을 잘 표현한 시라 여겨진다. 위에서 말한 구상 시인의 말처럼 "장애인은 태어날 때부터 시인이다" 라는 말은 정언이다.

그러기에 시라는 것은 헤파이스토스가 헤라에게 준 황금의자 같은 것일 거라 여겨진다. 이 황금의자는 앉는 사람을 결박하는 의자이며 오직 그만이 풀 수 있었다. 문학은 특히 장애인 문학은 스스로의 천형의 운명을 거부하며 스스로에게 주어진 결박을 푸는 계기가 될 수밖에 없다는 것이다.

2016 장애인 창작집 발간지원 사업 선정 작품집

비우기

1쇄 발행일 | 2016년 12월 23일

지은이 | 이갈렙
펴낸이 | 정화숙
펴낸곳 | 개미

출판등록 | 제313 - 2001 - 61호 1992. 2. 18
주소 | (04175) 서울시 마포구 마포대로 12, B-127호(마포동, 한신빌딩)
전화 | (02)704 - 2546
팩스 | (02)714 - 2365
E-mail | lily12140@hanmail.net

ⓒ 이갈렙, 2016
ISBN 978 - 89 - 94459 - 73 - 8 03810

값 10,000원

주최 | 대한민국 장애인 창작집필실
주관 | 장애인인식개선오늘(고유번호 305-80-25363. 대표 박재홍)
심사 | 발간지원 사업 심사위원회
후원 | 대전광역시, 대전문화재단, 대전시버스운송사업조합, (주)삼진정밀,
      (주)맥키스컴퍼니, 계간 문학마당
문의 | (042)826-6042

*이 책의 출판권은 3년간 주관사에 귀속됩니다.
*이 책은 재생종이를 사용해 지구 환경 오염 방지를 실천하고 있습니다.
*잘못된 책은 바꾸어 드립니다.